소중한 손길

# 소중한 손길

| | | | |
|---|---|---|---|
| 발행일 | 2015년 4월 17일 | | |
| 지은이 | 조윤희 | | |
| 펴낸이 | 손 형 국 | | |
| 펴낸곳 | (주)북랩 | | |
| 편집인 | 선일영 | 편집 | 서대종, 이소현, 이탄석, 김아름 |
| 디자인 | 이현수, 윤미리내 | 제작 | 박기성, 황동현, 구성우 |
| 마케팅 | 김회란, 박진관, 이희정 | | |
| 출판등록 | 2004. 12. 1(제2012-000051호) | | |
| 주소 | 서울시 금천구 가산디지털 1로 168, 우림라이온스밸리 B동 B113, 114호 | | |
| 홈페이지 | www.book.co.kr | | |
| 전화번호 | (02)2026-5777 | 팩스 | (02)2026-5747 |

ISBN    979-11-5585-561-4 03810(종이책)    979-11-5585-562-1 05810(전자책)

이 도서의 국립중앙도서관 출판예정도서목록(CIP)은 서지정보유통지원시스템 홈페이지(http://seoji.nl.go.kr)와
국가자료공동목록시스템(http://www.nl.go.kr/kolisnet)에서 이용하실 수 있습니다.
( CIP제어번호 : 2015011264 )

# 소중한 손길

조윤희 시집

북랩 book Lab

학창 시절에는 꿈도 많았고 시각디자인으로 성공하려 했
는데 갑작스런 교통사고로 시각장애 1급과 지체장애 3급의
장애인이 되었습니다.

눈도 잘 보이지 않고 몸 역시 불편하다 보니 아무것도
할 수 없었고 장애자들을 위한 일거리를 얻었으나 얼마 안
돼서 퇴사를 당하기 일쑤였습니다.

그러던 중 지인의 중매로 저와 비슷한 장애를 가진 여성
과 결혼을 한 후 부모님의 도움으로 아내와 함께 송마 가
겟방(슈퍼마켓)을 운영하게 되었습니다.

결혼 전에는 여의도 순복음교회에 출석하여 장애인 교
구나 성가대에서 성가 봉사를 했으며 지금은 아내와 함께
송마중앙교회에 나가고 있습니다.

아침 6시부터 오후 10시까지 가게 문을 열고 음료수나
잡화를 팔고 있지만 손님이 뜸할 때가 많아 무료함을 달래
려 글을 쓰기 시작했습니다.

특별히 글쓰기 공부를 한 적이 없습니다. 시나 수필을 어떻게 쓰는지도 모릅니다.

그냥 일기 쓰듯 매일 글을 썼습니다.

음악을 좋아하고 노래 부르기를 좋아해서 노랫말을 짓기도 했습니다.

모아둔 글이 여러 편 되길래 책으로 꾸며보고 싶다는 생각에 시인 야롯 님과 정원 님께 도움을 청해 허술한 글을 바로잡고 퇴고를 부탁드려 책으로 엮게 되었습니다.

2015년 4월 2일 김포시 대곶면 송마리
봄이 오는 길목에서

조윤희 씀

# 차 례

2
부
-
감
사

# 4부
## 행복

1부 /

# 기
# 쁨

# 기도 시간에

아침마다 드리는
가정예배 기도시간에

감은 실눈으로
내 이름을 부르며 기도하시는
그분의 손을 보았다

가만히 용돈을 쥐어 주시는 손보다
실눈을 뜨고 보았던 그 분의
힘 있게 모아진 두 손이

내 마음을 그토록
뜨겁게 달군
이유는 무엇일까
무엇일까

# 기억된 그 나중

아득한 암흑 속에서
기적처럼 눈을 뜬 순간

기억된 그 나중엔
미소가

기억된 그 나중엔
감사가

기억된 그 나중엔
사랑이

지금 내 곁엔 또다시
기억될

그녀가 있다

# 네 자신을 알라

검게 그을린 젊은이를 보면
오! 섹시해

검게 그을린 어르신을 보면
휴우! 힘드시구나

종종 놀이터에서
얼굴 새카만 개구쟁이를 보면

야! 가서 얼굴 씻고 와 하면서
자기 얼굴에 마스카라 번진 건 모르는
아가씨여

무심히 돌아보는 내 모습
남의 눈에 비친 나는
어떤 모습일까?

# 도깨비 삼형제

밤의 왕 도깨비에겐
두 동생이 있어요

바로 아래 동생은
점심 귀신인 *먹깨비

막내 동생은
아침 귀신인 **또깨비

왠지 그 이름만으로도
실력이 짐작되는

도깨비 삼형제

---

* 무엇이든 먹어 치우는 먹보 도깨비
**아침 늦잠 깨우는 도깨비

# 가위 바위 보

내가 주먹을 냈다
옆에 펼친 보자기가 날 감싸며
이겼다고 좋아한다

그러자
그 옆에 가위가 보자기를 자르며
이겼다고 좋아한다

그 틈에
내 주먹이 가위를 내리치며
이겼다 좋아했다

그러다 다시 셋은

한 손을 치켜들고 소리친다

가위 바위 보

# 탓

새봄에 내리는 비는
반가움이고

한여름 퍼붓는 비는
근심이 되고

가을날 내리는 비는
시인이 되며

겨울인데
척하며 내리는 빗방울은
공해 탓만 하네

1부 기쁨

# 변한 세상

어릴 적 늦은 귀갓길
밤길이 무서웠던 건

어머니께 들은
몽달귀신 때문

아니, 지금 내가
더 무서운 것은

내 뒤를 따르는 저 발자국 소리
단지 사람의 발자국 소리인데

그 옛날 몽달귀신보다
더 무서운 이유는 무엇일까

# 그것이

어깨 너머로 배웠던
그것이 소중한 이유는

당신의 어깨에 실렸던
그 힘을
먼저 느껴서일까

하지만 그 힘도
남이 아닌
내 어깨에 얹어 놓아야 할
내 일인 것을

# 당신의 마음 I

설탕보다
달콤한 것은
당신의 미소

소금보다
짠 것은
당신의 무관심

햇살보다
따스한 것은
내 손 감아쥔 당신의 마음

소중한 손길

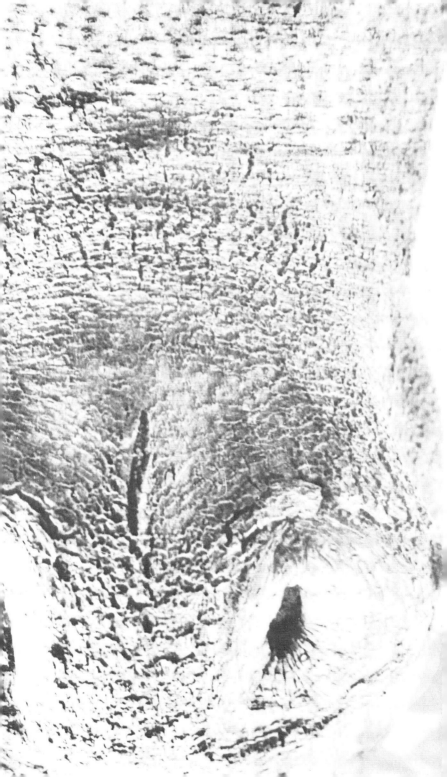

# 세탁

웅~ 웅~
세탁기가 돌아간다

빙~ 빙~
어질어질 내 머리도 돌아간다

세탁기는
빨래 빠느라 돌고

나는
근심 걱정 하느라 돌고

세탁이 끝나면
해맑은 창밖 화단에 빨래를 널고

따스한 창가 침대에
나도 널어야겠다
쫙 펴서

# 어머니

나 그렇게 소리 내어 불렀던 그 이름
어머니!

그제나 이제나 마음 담아 부르는 그 이름
어머니!

저 산 끝 이미 저버린 빛
다음에도 부를 이름 어머니!

비 갠 후 걷힌 구름 뒤로 다가올
빛처럼 우리를 그 이름

어머니…!
어머니…!

# 모형 두루미

아버지의 여행 기념 선물
모형 두루미
바람이 불면
'잉잉' 울며 날갯짓을 한다

긴 장대에 매달아
가겟방 텃밭에 꽂으니
더 큰소리를 내며 날개짓한다

텃밭에 뿌려놓은 옥수수 씨앗을
용케도 찾아 먹던 '까치'
이젠 얼씬 못 한다

모형 두루미는
텃밭을 지키는
움직이는 허수아비

# 그 밤들이


가을밤 저 하늘엔
그리움이 있고


늦은 밤 내 마음엔
기도가 있고


하얀 밤 내 기억엔
기대가 있어


꼴깍 새운 그 밤들이
오늘 나를 있게 한다

2부 /

감
사

# 우리 어머니

나 어릴 적엔
나와 어깨동무하셨다

나 사춘기 때엔
나와 말동무하셨다

결혼한
지금은

손자 놀이 동무 기다리시는
우리 어머니

# 저기요 I


저기요
여태껏 퍼주시기만 했잖아요


저기요
지금도 퍼주고 계시잖아요


저기요
앞으로도 계속 퍼주실 건가요


저기요
이제는 담으시고 받으세요


저기요
지금부턴 제가 한 움큼씩 담아 드릴게요

# 기억

어렴풋한 기억 속에
얼크러진 실타래를 가닥가닥
헤아려 보기에도 부끄러운 지금

애써 모른 체하며
도리질하는 고갯짓 사이로
내 안 가득 새로운 힘이 샘솟고

내리친 허상 끝 작은 떨림도
전혀 생소한 울림으로
점점 초라해지던 나

눈 감으면
환영처럼 풀려오는 필름 사이로
노릇한 기억이 나를 부추겨

기억의 길을 따라 전진하길 희망하는
내겐 아직도 한 가닥 씁쓸한 망설임이
새벽안개처럼 덮쳐온다

하지만 다시 일어서서
깊이 몰아쉰 자신감으로
올려다본 그 정점엔

오로지 나만의 하늘인 양
선명한 별 하나 어른거린다

# 이젠 안녕

겉으로 휘감아 안은 것이
내게 전부인 양
잠시 어깨에 힘이 실리던 날
억지로 맞춰 본 두 눈엔
이미 슬픔이 고여
조용히 넘치는 여울이 되었지

설마 하는 조급함에
얼핏 움켜잡으려 한 두 손은
이미 얼굴을 감싸고
돌아서 뛰는 뒷모습을 향해

안녕이란 싸늘한 여운으로
내일을 가늠할 수 없을 때
아득한 미래를 향해 다시
이젠 안녕
안녕이라고 너를 전송하던 날

소중한 손길

# 소중한 손길

꺼내려다 혹 흘릴까 싶어
조심스레 다시 넣는
간절한 마음

가만히 손을 포개어
따스한 온기를 음미해도
헤아릴 길 없는

가슴을 지나 영혼까지
깊숙이 젖어드는
무량한 뜨거움으로

오! 영원토록 변치 않을
나만의 하늘 땅
부모님의 손길

소중한 손길

# 아마도

아마도 그랬나 보다
나의 마음

그 꿈의 시작은
아마도 그랬나 보다

내가 지켜야 할
그 다음의 바람도 없이

내게 먼저가 되어버린 그대
아마도 그랬나 보다

다 주어도 아깝지 않은 마음
미소로 사랑을 모아 내게 안겨 주신

그 님은 바로 내 옆을 지키는
당신인가 보다

# 길을 걷다가

걷다가 뛰기도 하고
때론 주저앉아 쉬기도 하고

그러다 길게 누워
여유를 부렸는데

그 시간들 다 어디 갔나
지금 일어설 힘이 부쳐 기고 있다

하지만 다시 일어선다
저곳까지 가고 싶은 희망의 마음

낮아질수록

올려다볼 것들 얼마나 많은지

# 기합 소리

품에 안은 듯
자신감에 넘쳐
내뱉는 짧은 기합 소리

그 모두를 가슴에 담고
두 손 모아 입에 대곤
내뱉는 짧은 자신감에

이 산 저 산 따라 힘을 주곤
끝이 어디인 듯
떠나가는 그 소리에

지친 길 위에서

나도 따라

걸음을 재촉한다

소중한 손길

# 가득히

기운 고갯짓에
걱정이 앞서는 마음

쳐진 어깨에 힘주어 등을 때리시고는
잡아 이끄신 그 손길에

올려다볼 겨를도 없이 벌떡 일어나
곧게 세운 허리엔 힘이 실리고

저 멀리 내다본 두 눈엔
어느덧 세상 모두가 내 것인 양

담겨져 있다
가득히

# 우리 함께

어느 때부터인가
햇살처럼 쏟아지는 풍요로움을
함께 나눌 생각조차 못하고

세상이 온통 나만의 천국인 양
오만의 왕자로 살았네

어느 날 문득
어두운 마음의 창에
푸른 햇살이 어른거릴 때

그 풍요로운 사랑은
나만의 소유가 아님을

우리 함께 나누고 누려야 할
소중한 명제임을 알았네

# 그 바람에

가만히 올려다본 저 하늘에선
나를 반기고
저 끝 산마루에선
나를 오라 부르는 푸르른 손짓

옮겨진 걸음은 어느덧
그 곁에서 널 더듬으려 하고
그러다 올라선 그 곳에선
저 모두가 나를 반긴 듯

전하는 바람마저
두 팔 벌려 내 것인 양 안으려 한
나를 잡아 마구 흔드네

들으라는 듯
기뻐 소리치며

# 기도 시간

감긴 두 눈엔
그리움이

모아 쥔 두 손엔
간절함이

숙인 고개엔
숙연함이

입 벌려 쏟아낸
한마디

아멘!

3부 /

관
찰

# 내가 택한 길

옳다 함을 알고
넉넉함을 알고
그 다음을 올려다보며

올라선 그곳에는
바르다 함은 없었다

나는 뛰어내려
오르던 곳을 올려 보곤
씁쓸한 표정을 짓는다

그리곤 돌아본 그 길로
걸음을 재촉한다
또 다른 이상을 꿈꾸며

# 이유

아침이 되어 눈을 떴다
눈을 떠보니 아침인가

사랑을 내가 해야 뜨거운가
받아야 뜨거운가

내가 눈을 떴으니
아침이었고

사랑은 준 사람이 뜨거운 걸
혹 그 준 사람 혼자의 짝사랑일 수도

쯧쯧쯧

# 휴게실

작은 방 안에 여유가 머문다
포만에 찬 시간을
심호흡으로 달래본다

고요를 깨우는 소음에 아는 척도 해보고
익숙한 표정마다
눈인사로 미소를 건넨다

창밖엔 어둠이 내리고
자정도 지난 지 오래인데
졸고 있는 모니터 화면이
작은 숨결로 눈치를 준다

당신도 어서 나가세요
나도 홀가분하게 눈을 감고
꿈동산 사랑 하나
키우고 싶어요

# 그대 그리고 나

언제나 내겐 '나'이기에
나로부터의 이유가 있다

그러한 내게 그대가 있기에
그대에게 맞춰 마음을 비워본다

작은 속삭임과 눈 맞춤으로
가빠진 호흡을 어쩌지 못하고

나와 그대라는 의미를
이제부터 우리에게서 찾고 싶다

# 내 모습 아닌가

따갑게 쏟아지는
초여름 햇살 받으며 어디를 가는지
떨어져 뒹굴면서 또 일어나
기어오르는 벌레
저게 내 모습이 아닌가

송마리 산등성에 걸린 뭉게구름
흩어졌다 다시 모여
뭉게뭉게 피어나는
연회색 저 구름
저게 내 모습이 아닌가

물방울 모여 냇물 되고 잘잘 소리 내며
돌고 부딪치고 폭포수 되어 떨어지다
덕포진 송골매 휘어 감아
황해로 나가는 저 강물
저게 내 모습이 아닌가

강화 뻘 한 모퉁이
눈부시게 빛나는 백사장
때마침 밀려든 잔잔한 파도
파형을 그리고 멀리 도망갔다가
다시 돌아와 애써 만든
그림을 지운다

저 파도
저게 내 모습이 아닌가

# 여의도

봄이면
벚꽃 향기 좋아 사람들 모이고

여름이면
강바람 시원해서 강변으로 모이고

가을이면
수확의 기쁨으로 은행과 증권사로 모이고

겨울이면
한 해의 마무리를 위해
정치꾼들이 모이는 곳

# 당신의 마음 Ⅱ

내가 무시로 그리는 것은
저 하늘을 닮은
당신의 푸른 마음이죠

안개 낀 세상에서
비틀거리며 허우적거릴 때
고요한 숨결로 다가와 부축해 주던 손길

당신은 어느 하늘에서
꽃구름 향기로 날아와
나를 감싸준 천사인가요

양털보다 더 부드러운 날개로
드넓은 하늘이 되어
길 잃은 양을 품어준

당신의 무량한 마음은
어느 하늘의 슬기인가요

# 실로암 복지관

물어물어 찾아갔다
어둠을 밝히는 천사들의 요람을

꽃보다 향기로운 미소로
얼어붙은 가슴을 녹이고
싱그러운 햇살 퍼부어주는 곳

아파 본 자만이 진정으로
타인의 상처를 치유해줄 수 있는
뚜렷한 이치를 가르쳐준
실로암 거울 속에서

느꼈다 배웠다 감사했다
그리고 결심했다
나도 좁은 문을 택하리라
야무진 꿈을 꾸게 한
천사들의 복지관

# 교육박물관

땡! 땡! 땡!
옛날 교실에 지금의 학생들이 모여든다

풍금소리에 맞추어 엄마 아빠가 불렀던
그때의 모습으로 노래를 부른다

책보를 허리에서 풀어내고 난로 위 도시락
낡은 괘도 그림극 틀로 옛날 공부를 한다

타임머신에 앉은 어린이들은
즐거운 양 까르르 웃기도 하고
진지하기도 하다

박물관 설명과 덕포진 역사 공부로
수업이 끝나면 이제
내 역사를 쓰고 싶은 날
땡! 땡!

# 이젠

이젠 멈춰 서지 않아요
이젠 돌아보지도 않아요
내 앞에 놓인 이 모든 것들을
애써 외면 안 해요

이젠 슬프지도 않아요
이젠 괴롭지도 않아요
꿈과 이상이 내게 주어졌으니

이젠 푸른 꿈길을 걷겠어요
이젠 애써 걱정하지도 않아요
오오 내게 놓인 길이 밝게 보여요

굽고 기울지도 않아요
내딛는 걸음 한 걸음
걸음마다 밝은 꿈길이 열려요
자, 이제 다시 시작할까요

# 원인과 결과

굴뚝은 불을 때야
연기가 피어오르고요

두 눈은 아름다운 그녀를 볼 때
하트가 보입니다

머리는 화가 나야
김이 피어오릅니다

원인이 있어야
결과가 있는 법

누가 내 머리에 불을 지피는지
오늘 자꾸 연기가 납니다

# 기쁨과 감사와 기대

어제는
감사로 하루를 보냈습니다

오늘은
기쁨으로 하루를 맞이합니다

내일은
기대를 가지고 기다려볼 거에요

오늘은 우선
기쁨과 감사를 받아들이고

내일은 희망을 기대하는
내일의 꿈을 꿔봅니다

# 청소

마룻바닥에 쌓인 먼지는
빗자루로 쓸고
걸레로 닦는다

유리창에 찌든 먼지는
총채로 털고
클리너로 닦아낸다

마음속에 쌓인 먼지는
말씀으로 쓸고
기도로 닦아낸다

3부 관찰

4부 /

행
복

# 저기요 Ⅱ

저기요! 전 알걸랑요
당신의 눈물 젖은 뜨겁고 깊은 사랑을

저기요! 전 느끼걸랑요
되돌려 받으려 않고 건네기만 하신
폭포수 사랑을

저기요!
그동안 받기만 한 태산 같은 빚을
조금씩 갚으려는데

제발 돌아앉지 마시고
손사래 치지 말고

저기요! 이젠 한평생 뿌리신
가없는 사랑의 씨앗을 거두어 들이셔야죠
이 가을
저희 농사가 풍년입니다

소중한 손길

# 커피 값

카페 앞 지나다가
커피 향에 이끌리어

슬며시 문 열고 들어가
커피 향에 취해본다

다 마신 향기 값을
받을 주인 있을 리야

# 효가 그런 겨?

공부 잘하던 큰놈은
나랏일에 충성하고

외모 좋았던 둘째 놈은
사회 일로 열심이고

마음 이뻤던 셋째 년은
시댁 일로 바빠하는데

아따!
몸 불편한 막내 놈이
이렇게 내게만 열심인 겨!

효가 그런 겨?

# 바위를 치운다

등 뒤로 숨겨 쥔 손
그 안에
너무 많은 부끄러움이 있다

친구들에게
부모님에게
자신에게도 보이기 싫은 부족함

휴~
난 이제 그것들을 누가 볼세라
캄캄한 동굴 속에 차곡차곡 쌓고
시간이란 바위로 꼭꼭 눌러놓았다

하지만 자꾸 뒤돌아보며
절룩거리는 지금
모든 사람 앞에서 떳떳하게
생긴 대로 내 모습 보이려고
바위를 치운다

# 아버지

고개 들어 아득히 올려다본 것은
높푸른 하늘이었다

때로 구름에 가린 어둔 표정 있었지만
무시로 비를 내려 갈증을 가시게 하고

더러는 서늘한 바람으로
무더위를 식혀주던 당신!

추운 날엔 따스한 손길로
온몸 어루만져 주시고

얼어붙은 땅이 풀릴 때까지
기다리는 법을 일러 주셨다

당신의 따스한 체온으로
한 그루 꿈나무를 키우셨으니

소중한 손길
74

청청하게 자라난 당당함을

아버지! 오래오래 지켜봐주세요

# 사춘기 때엔

코스모스 한들거리는
한적한 강둑길에
찢어진 삼각 팬티 한 장
어디서 날아왔을까

어느 집 빨랫줄에 걸려있던
어느 각시 팬티인지 모르지만
호기심에 발동 걸려 누가 볼세라
슬쩍 집어 주머니에 찔러 넣었다

소중한 손길

히야! 고것 참

매만질수록 보드라운 감촉에

온몸이 팽창하는

요상한 기분이라니…

4부 행복

# 어느 날의 기도

죽음의 문턱에서 저를 살리신 주님
왜 저를 살리셨나요?
주님의 뜻이 있어 제게 고통을 주셨고
주님의 뜻이 있어 살리셨다면
왜 온전하게 살리지 않았습니까?

늘 희미한 안개 속에서 헤매는
장애인의 삶이 너무 괴롭습니다
투정조의 기도 중에 들려오는
세미한 음성
'오른손 하나로도 족하니라'
'장님의 고통을 생각해보라'

갑자기 오른손에 힘이 솟음을 느낀다
희미하게나마 사물이 보인다
하나님 아버지 감사합니다

제게 한쪽 손발을 성케 해주시고
어렴풋이나마
세상을 볼 수 있게 해주심

또한 *비익조처럼 서로 도와 살라고
한평생 동행할 배필을 주심에
세상 가시밭길 헤쳐갈 수 있으니
주님 안에서 늘 행복합니다
주님 앞에 드릴 건 감사뿐입니다

---

* 몸이 반쪽이어서 둘이 합쳐야 온전해진다는 전설의 새

# 손

숟가락을 든 손은
육의 양식을 채우는 손

성경책을 펼친 손은
영의 양식을 채우는 손

두 손 모아 기도하는 손은
주님을 찾는 감사의 손

두 손 벌려 부르짖는 손은
애절하게 간구하는 손

전도지를 내민 손은
주님께서 사랑하시는 손

성가대 반주하는 건반 위 손은
주님을 찬양하는 손

손으로 죄짓지 않게 하시고
주님을 찾는 손이 되게 하소서

# 손님과의 약속

알람을 오전 5시30분에 맞췄기에
예외 없이 알람이 그 시각에 울린다
일어나야지

행동으로 옮겨지지 않는 몸
"오늘 아침 영하 12도래요"
옆으로 돌아누우며 던지는 아내의 말

손님과 무언의 약속이니 일어나야 해
6시에 빵과 우유로 아침 식사를 하는
한 사람의 손님을 위해

미명의 새벽 가게 문을 연다
손님은 너무나 고마워한다

식사 손님이 나가면
손님이 없는 8시까지
난로를 감싸고 *끄떡끄떡*

두 시간 일찍 문을 연
*송마 가겟방은

이제 새벽을 달리는 기사들의
참새 방앗간 역할을 하고 있다

---

* 조윤희 부부가 운영하는 김포시 대곶면 송마리 시골 마을에 있는 작은 슈퍼

4부 행복

# 나는 천국 백성

눈을 들어 쳐다본 하늘
천국이 어디쯤 있을까?

천국은 하늘 높은 곳에 있고
지옥은 땅속 깊이 있다는데
나 언제쯤 천국에 갈 수 있을까?

오만의 콧대로 질주하던 젊은 날
내 수레를 잡으시고 눈 어둡게 하시어
마귀들 릴레이에서 탈락시킨 주님!

당신의 백성으로 거두시려고
어둠 속에서 부르시던
세미한 음성

그날의 떨림을 생생히 기억합니다

성스러운 주님의 피로

이 못난 죄인을 부활케 하시고


천국 백성으로 거듭나게 해주신

그 황홀한 순간을

잊을 수 없습니다

잊을 수 없습니다

# 가겟방 손님

상점 안에서 밖을 내다본다
가겟방 앞 버스 정류장

마을 버스에서 내리는 승객들
뿔뿔이 제 갈 길 간다

맘 졸이며 기다렸지만
가게 손님은 하나 없구나

자가용 멈춰 서자 차 문 열리고
흰 연기와 함께 한쪽 발이 쑥 나온다
담배 피우기 위해 정차했구나

쌩~ 오토바이 와서 멈춘다
가게문 '드르륵' 열고
'세암리'는 어디로 갑니까?
길 묻는 손님

꼬마 한 명 들어온다
800원짜리 물건 집어 들고
"아저씨 이거 마트에선 500원이예요"

제 맘대로 값 정하고
쥐고 있던 100원짜리 동전
다섯 개를 내민다

그래도 오전 내내 가겟방을 찾은 사람은
그 꼬마 손님뿐

# 봄바람


봄바람 불어오면
나풀나풀 춤추는 꽃잎 위에


나비 한 마리 날갯짓 멈추고
잠잠해지길 기다리네


봄바람 불어오면
아지랑이 쫓아내고


꽃내음 싣고 문틈으로 들어와
독서를 방해하네

봄바람 불어오면
가게 문 다 열어 놓고

봄 향기 불러와 상품들과 어울리니
손님들 마음도 풍성하네